家の顚末

石田　諒

思潮社

目次

喉のつかえ　6
アスファルトです　10
伝言　14
真鶴　18
お花紙／障子紙　22
家にいるはずの私は帰りたい　26
に、よる懸念　30
勝手口　32
波のカセット　36
世話　40

*
味がする 46
虫捕る子 48
家の顚末 52
ハレの母 54
*
とこのま 56
あまどい 64
たまむし 74
そくせき 84

装幀＝二月空

家の顚末

石田 諒

喉のつかえ

視線の先には鉢
埋められて　なみなみと
水面には
茎と葉と　わずかに華奢な花
かたわらに女ふたりの立ち姿
ひそひそ話の声がする
子には聞かせぬ　あの話
やがて指差し　口もとに手

失くし物の在処《ありか》を探っているようだ
頭と頭を引き寄せて　輪郭が揺れる
ここから顔は拝めないが
笑っているのかもしれなかった

私は知っている
打ち捨てられた　それが
骨であることを知っている
まだ生々しく照り
ところどころ柔らかく
こびりついて乾いてもいない
骨
で　あると

ちょうど小魚が跳ねて焼け
すとん　と食卓に落ちた
上手く扱えぬ箸で身をこそぎ
せっせと運ぶ先
前歯の　向かって右の隙間だろう
現れた三つ目の男は老いた父であったが
いまさら交わす言葉は見つからず
覗きこまれたなら
うつむいて　やりすごしたいはずだった

アスファルトです

ひび割れた道路が
後ろへ後ろへ　飛んでいきまして
クルマのおうちだよ　と
母
その機転は嘘で　ごまかしでしたから
わが子の問いを煙《けむ》に巻く方向で
暗渠の横の　すり減った靴底を濡らすのです

あなたは行く末に気づいても
目の前の　汗ばんだシャツの背中を
傷つけたくはなかったはずです

まわる車輪の後ろのほう
華奢なガニ股は
季節の変わり目に出発を拒否する癖があり
朝をこじ開けては
わあわあ　泣き叫んでいました

暴れまわり　手当たり次第に物を投げつけ
捕まって引き倒されても懲りません
もう　あとのない背水の園児は
最後の抵抗として

空気を吸いこんで重たくなっていきます
やがて先生の腕の関節がみしみし鳴って
それでも律儀に耐え抜いたせいで
肉が弾け　ちぎれ飛んでしまいました

あるとき顔面の右半分
赤くすりむいた同級生は転入組でした
夏の終わり　親の仕事の都合で
あの路面の向こうから
やって来たのです
背が低く　眼鏡で　運動のできない
女の子
自分の意思で追いかけていきました
確かにボールだったと　証言しました

途中までは

伝言

目的地ではない海で
うつむく
あるいは　うずくまる
そうやって　貝がらの亡霊たちは
これからを思い出して唸っている

たがいに透明で　軽く　音はなく
決して選ばれず　見つかりもしない
それでも探してしまうのは

覗き穴からの招待状が
自分宛てであったと信じたいからで
枕元に忍び寄る水や
目覚まし時計にこびりついた蒸気が
すれ違いの他人さまに
吸収されていく軽さなのだとしても
頬を引き裂き　歯をむき出しにして
思いきり　笑ってみたい

遠くで　待っています
嫌いな服を着て
みんなそろって
蓋も閉めず　不機嫌な顔で
巻いていることでしょう

そう　聞いています

真鶴

父が決めた旅先に、母の名にいる動物と
同じ響きがあることを、伝えたかった
大人の女の人は乗り物に酔ってしまうから
一緒には、行けない
というのはきっと嘘で、嘘なんだけど
そういうことにして
父と息子の旅は張りつめている

虫

散り散りに岩の、すき間に逃げていくのが
おもしろくて追いかけた
踏んでしまうこともできたけれど、
踏んでしまうには靴が新しすぎたから
そのまま、ためらいもなく
波間に飛びこんでいってしまう
ような子に、なりたかった

押してはいけないと言われていたボタンを
押してみたかった
シャッター、ズーム、フラッシュ
以外の、絶対に押しては、
ダメだと釘刺されたボタンをそれでも
押して怒られる

ような子として、存在していたかった
そうでなければ
父が決めた旅先に、母の名にいる動物と
同じ響きがあることだけでも
声に出し、伝え、たかったのだ

　風

静かであることに腑落ちしたのは
写真を写真に写真が写真で
画像を画像に画像が画像で
好きでもない砂糖菓子を買わずにすんだのは
世の中の、経済効率性の、おかげさまです

紫陽花《あじさい》を手に長い階段をおり
両耳に蓋をして皮膚をこすれば水のなか

台所、食卓に安物のライターが衝突し
二足歩行の漁船が通りすぎたところで
破裂が、こわくて強引に眠りに落ちる

お花紙／障子紙

担任からの電話は母をきっと不安にさせただろうが、
それは単にカンディンスキーの模写の上下がわからない
という連絡であった
いてはいけない者として息を潜めているのが当の本人で
北側の部屋に案内されてから百年
歯ブラシの毛をばらばらにして
一本一本数えることだけが呼吸の指標となった
「右上がピエロです」

かつての児童Aがお花紙でつくる造花にこだわりを持ったように、
この古民家の主《ぬし》も障子紙の扱いには独自の哲学があるようだ
北側の部屋に案内されてから百年
今朝は知らぬ幼児Bの声で目を覚ました
障子の向こうの声、確かな声
空間を移動し、左右に振れる声
姿は見えない
本当はスピーカーから流れている立体音声であって
障子の向こうに肝心の肉体はない
音声データのもととなった幼児Bは
収録がすんだ段階で絵の具の材料として出荷された
あのトラックは電気自動車だという
「左下に鳥がいます」
母は終始、平謝りで担任に向かった

母の焼く魚はいつも丸焦げで、
週に数回は食卓が黒い粉で覆われた
指先でていねいに拭い、皿に落とし
北側の部屋に案内されてから百年
知らぬ幼児Bの声は倍速で朝食をとっている
一汁一菜の響きが耳に、届く
おそらくはここの主《ぬし》が仕込んだ味噌と醤油が
ふんだんに使われているのだろう
米は玄米かもしれないが
白米のほうが好みで体質にも適している
空間を分かつ障子がカタンと動いて、ぬるりと開かれる、
ぬるり
入ってきたのは体育館で展示作業中の後輩教師で、
上下のわからない絵があって困っているとのことだった

着替えるから待て、と告げた

家にいるはずの私は帰りたい

振り返る女の内臓はねじれている
そのことを知っている
隣の町から自転車で避難してきて
あんパンなんか　かじっている
すすめられるがままに
その半分を受け取ろうと
正座している脚をくずして
縮んでしまったこの身体《からだ》を移動させる

縁側に置かれた台は金属製だから
女の尻は焼けただれている
真夏の日差しは逆光になって
濃すぎる影が膝小僧から染みこんでくる
女は濁った両目でにらんでくる
あんパンはすでに胃袋におさまっている

耳に入りこんでくるのは
むかし畑に落ちてきた爆弾の話で
やわらかな泥につつまれて
目と鼻の先に
何十年も眠っていたというから
すごいですね　すごいですね　と

くり返して
私はただ　ぼそぼそしている

また別の知らない女が
雑草を刈り取って汗をかいている
鎌を握って通りすぎている
若かったころのことを覚えている
あの草はきっと食べることができる

に、よる懸念

選択されない者どもの
塗料は常日頃から白一色である
毎夜、集合し
塗りつぶす横断歩道が
皮膚の輪郭を際立たせていくから
歩き出すたび思考はねじれ
ついには勝手口の飾りとなった

運搬の心地が身の丈に比例しても
机のかどで削り取られた女児は
砂壁のことさえ覚えていない
それぞれの番号で呼び出しを受け
四角の切れ端がちぎれ飛んだら
手にした紙束の内側から
新たな黒煙があがっていく
つぎに、この床が鳴ったとして
いったい誰の
何が変わるというのだろう

いずれにしても待つばかりの
点滅式の会釈には
心底、気をつけなければならない

勝手口

その飴は線香の味がして
すぐに間違いであると気づく
病院嫌いが死の導きに抗えないせいで
歯石をこそいだカッターナイフは
唾液で錆びついて
かたく縮こまるしかない
鳩の胸を裂き　心臓を突いたのも
聞けば　おなじ替え刃であったが
都合よく飛び立てるわけもなく

いまだ
ペン立てから動けずにいる

救急車を呼んだのはコンニャクで
夕飯のおでんは永劫　おあずけとなり
坂の上でぐるぐる巻きになって久しい
それでも拒否すべきは
医療費の還付請求で
関わりのなさに耐えられない家族が
唯一　敏感に呼応する現象は
丑三つ時　乱暴に開かれる裏口の
引き戸の　薄いガラスの
振動であった
帰宅してくる悪臭に耐えかね

水中へ潜り
みなそろって魚になったところに栞

カーブミラーは折れました
柱が折れてしまいました
曲面　反射しているのは車体です
かろうじて立っております
泣き叫んではいないようですが
目尻には　血液でしょうか
垂れています
止まらない　と言います

古新聞が欲しくてお願いすれば
毎月　毎月　毎月　毎月　届く始末に

積みあがっていくから
古いものの　比較的
新しいところばかりが
減っていく

猫は成長しました
だから　もういらない

波のカセット

父の存在をつつみこむ銀紙は破れていて
家には　ほとんど帰らずにいる
たまの再会といえば深夜の台所
うなる冷蔵庫　その存在感のかたわら
何ひとつ語らず　椅子に腰掛けた一親等
内面からの小言　耐えぬく沈黙のグラス
虫刺されの脛《すね》はただれ　血に濡れ
子には理解しがたい着払いとオーロラに
未完成の鉄道模型が逐一　滑りこんでいた

しぐさ　また差し出すのはカセットテープ
乳白色のそれは南の島の　海の記録
適切な音量で再生すれば
ただ　波の音ばかりが響きつづける
ほかに何が録音されているわけでもない
あまりにも　確かなことだった

やがて常夜灯の色調にとろけて漂うと
記憶の砂浜には　足跡だけが増えていく
そもそもは回覧板に挟まれた知らせ
河川敷のゴミ拾い行事が心をかき乱す
くじ引きの景品　カバのかたちの録再機
隠しきれない偽善は学生企画の宿命か
勝機は冷徹な者たちに　いずれ落下傘

空き缶を切り抜いてそろえた参加証の
装飾小物は経費に計上されて久しい
振り分けることのできない家系図は
手をつないだ父と息子の　数少ない交流機会
わずかな鼓動　ノイズ　波のうねり
着古した青いシャツに見覚えはあるが
街じゅうに貼られたポスターに親切心は皆無
夜半　浮かんでいるのは耳　それだけで

海水は鼓膜まで達したでしょうか
巻き戻したら　また聴いてみてください
と、自動音声の鋭利な標準語
遊泳禁止の目印はシンクの左側に位置して
排水溝の奥の奥　声紋はこびりついている

世話

半透明の板の向こうに女がいて
何かの機器を　その唇の前に
あてがっているのが見える
片手の指先で器用に支えられた
その機器は薄平たく、かつ
光沢を放ちながら次々に
変化、している
女の視線は無の空気中を焦がし
予定では三頭の蝶が（もとは一頭の同じ蝶）

どこからともなく飛んできて
私は寝てしまうことになっている
と、ここまでメモをして顔をあげると
その女は、もうどこにもいない
代わりに
生きていないことに気づかぬ祖母の
世話をする　世話をする　世話をする

まだ可能性を秘めた肉体
が、叩きつけた洗濯ハンガーの
跳ね返りほどの思いやりは
ほこりくさい仏壇の
いちばん奥には届かないから
受信機のスイッチをオンにしても

利益相反にあたらない場合
に、のみ
白煙が満ちていく模範解答
(知らないのは、当の本人だけですから)
いくつもの乱暴な乗り降りで
敷き布《ふ》がすり切れたことに憤るも
周囲は、ただ笑って機器を操作し
生きていないことに気づかぬ祖母の
世話をする　世話をする　世話をする

遊覧船のデッキで情熱を余らせている
若い(当時は若かった)男女に
カメラのシャッターを頼まれ
こころよく、引き受ける

半透明の板を押し開けて客室を出れば
風と、エンジンの音が
靴の底から振動となって伝わり
私の声は、かき消された
なびく髪の向こう　ふと、
現れた小さな島にピントが合ってしまい
私は数枚の失敗を経ることになっている
結果、無事に撮影された写真の
表側で寄り添っている祖母と祖父が
ただ、存在しているだけの陰影は
やがて仏壇の奥で
ほこりをかぶるための刹那
客室に戻ると　空中の一点から
逆算して眼球があらわれて

徐々に骨と肉に覆われていき
ひとりの女になった（誤差はご愛嬌）
唇が開かれ　蝶が飛びあらわれる段取りのもと
私は周囲の様子を念入りにうかがって
生きていないことに気づかぬ祖母の
世話をする　世話をする　世話をする

味がする

子どものころ
草むらで見つけたカマキリは
胴体がちぎれていました

雨の日　校舎の三階
ひさしから滑り落ちた彼は
草むらによって助かりました

味がする！
味がする！
おそろしいことに！

夏には　そこらじゅうで
草むらが殺意をもって
そり返っているそうですよ

虫捕る子

草刈り前の空き地で
子どもを相手に
長い時間すごした

七歳か　八歳の
名前も知らない初対面
サンダル履きの男の子

虫捕りに
いや　虫など捕ってはいないのだが
野遊びに夢中な彼と
うすらぼんやり
昼下がりをつぶす自分

ふとしたときに
彼は言った

ぼくね　むかしはもっと
むしとりが　うまかったんだよ

感じる
衝撃に近い何か

この子どもにも　すでに
むかしの自分という概念があるというのか
恐ろしくなり
逃げ帰った自分
いや　その場を離れる理由が欲しかったのだ
七歳か　八歳の
名前も知らない男の子のこと

家の顛末

父は劣化樹脂の工具箱
いくつもの鉄釘が打たれた合板は
ビー玉を転がして遊ぶための試行錯誤
傾斜角で変化する未来の姿の成れの果て
役目を終えて物置小屋に放置されれば
埃と錆に負けじと指の脂が滲み出してくる

母は歯抜けの漫画雑誌
唯一ピントの合った写真は旅先の海岸で

片手を腹に当て岩場にひとり立っている
逆側の手にはビニールバッグ入りの鉢植え
雨雲に塗り潰された空と顔の印象を保ち
湿気の染みと黴の匂いを纏っている

私は虫刺されの埋没毛
猫小屋の出入りのたびに入念に服をはたき
食卓にさえ処方の塗り薬を置いている始末
この部屋にはもう長らく熱源もない
高い音をあげて飛び回る蠅が
脱衣所のバスタオルに卵を産みつけた

ハレの母

まつりの日の母は
どこか色づいて
ねじり鉢巻に紫の法被《はっぴ》
男どもにまじって
神輿をかついだ

きっと
酒のにおいをさせて帰ってくる
頭にたんこぶをつくって帰ってくる

わたしは大太鼓の
綱を引き引き
どばあん　どばあん　と響く
その音だけを
ただひとり　聞いている

とこのま

トキの剝製だと言いふらして
教場の話題をさらう
か細い膝下は偏食による転調
時代遅れの冷や汗が染みこんだのは
ズボンの左ポケット
丸めたティッシュペーパーの
弾丸が（ポケットティッシュでした）
暴れ　そのまま
破裂したから

陰部は散り散りに破壊され
しかたなく　彼は
女の子として育てられた
周囲の心配をよそに　何も
変わらず　困らず　問題なく
クラスメイトの誰ひとり　気がつかない
胸の　名札の縁取りが
赤くなったことにさえ

湿度を高めている天からの体液
に、舌を差し出して待ちながら
誕生日を起点に逆算し
ひとり　顔を赤らめる
きっと沖縄の　それら踊り子の

顔に
埃よけの　ビニールの
かかった　窒息寸前の　やけに
色あざやかな木綿の　衣装の
人形よりも遥かに
発話すべき器官を持たない
わが家の
三人と　一名　と
無数の黒く　太い
毛、であった
（どこに　いつから生えていたの）

消費生活の結果論
使い古した畳の　へりはサーキットとなり

自動車を模した玩具　つまりラジコンが
樹脂のタイヤを回転させ
植物の繊維を引きちぎっていく
血縁者は　いまだ訪れない
足取り　おぼつかずの　祖母の
（もちろん過去には少女でありました）
脳に薄い　ガラス片が貼りこまれていく
光は透過し　反射もするのだろう
人形の収められた　ケースと同じ反射率
で、あるからして
選びあげる話題の角度が　重要だ
牛乳にコーラを混ぜて　よく飲んだ
あれは　とても　コップが汚れる
（独特の汚れだね、泡）

母の吸うタバコの
灰が落ちて　畳を焦がすから
ほくろが家に
家　そのものに増えた
と、言って笑う　歯のない帝王切開
短いハシゴに
しがみついていられなくなり
海（深さは妥当だね）に落ちると
カメラは　ちょうど海底から
海面のほうを見上げたアングルとなる
私のお腹が　裂けて泡が
あふれている
私のお腹の内側の　泡

張り子のお面は　赤紫の鬼の顔をして
ちょうど節分のころに　演技を
記録、した
ビデオテープは規格外で
再生するためには　もう
どこにも売っていないデッキを
買う、必要があるという
新品は存在しないという
（ですからリサイクルショップで）
それは私の属性が
起点からすでに古びていたからで
耐えきれず　劣化した輪ゴムは硬くて
（伸びないの）
屋根瓦に落ちて当たる

ドングリの
尖った音　耳　鼓膜
切手の裏に　鼓膜　額面がまぶしい
釘は塩水につけてから打ちつけたのです
隣の、空き地は
（もともと大工の事務所でしたから）
日中は静か　とは、逆の環境にいました

眺めて　いる鳥類の等身大
剥製の正体は　雌雄のキジであり
キジ以外の何物でもなく　もはや
キジであることに疑いのない
からこその　疑問を呈し
私は床の間の　升から５００円玉を盗む

出口の、ない貯金先
に、活躍の場を与えている
与えている　与えられている
（私にしかできない）
無言のお小遣いだと信じている　私は
プラスチックの　ひいらぎで
意図せず指を切って
こんどは畳に点々と赤
布団にも（裏と表がある、と教わる）

あまどい

すばしこい蜘蛛は丸めた朝刊で叩き潰され
まだ湿り気の残るタオルの山の脇で果てる
どちらも　その役目を終えたばかりの
処理待ちの雑用であり
どす黒い雲　土砂降りの雨
直線は屋根瓦に当たり散らして
激しさを増していく
屋外を睨みつけるのは
色のない　瞳の付随

（見ろ、芝がねぇから、ぬかっちまって）
と、祖母なりの感情が展開される木造家屋
　落雷

地球を一周して六畳間にうずくまり
夕立がすぎ去るのを待つ長男坊
半ズボンの汗染み　膝の汚れ　虫刺されの跡
かきむしるに特化した生爪
それは家系に受け継がれた特徴で
まだ語彙として知ることの
ない、罪悪感をまき散らすから
線香の煙は細く　静かに立ちのぼっている
ただよう先
ある種の自己療養としての

先祖代々の視線
こぼしてきた　すべての嫌味を受けとめ
あくびなどして過ごす半世紀
プラスチック製のトランプの
もう、擦れて消えかかった
王や　女王や　召使いや
以下、記号類の鮮やかな印刷に
照らされた老女の娘　つまりは私の母の
手先があつかうカード一枚一枚が
緊張感に呼応すべき　ところへ

落雷

蟬どもの始まりから遠い時期
にもかかわらず

いまだ片付けぬ　傷だらけの炬燵一式
天板を貫通する唸り声など
聞きたくもないが
目の前で蠢くのは螺旋状
寄せ集めの、毛糸の、手編みの、薄汚れた
洗濯すれば茶色い水を吐き出すカバーは
うち捨てたい感情の受け皿であったし
まともな食事をとらず、日々弱り
死神の、いびつな骨の手招きに
気づいていたであろう母の
精一杯の抵抗
で、あったに違いなく
手順を逸脱したことに苛立つは
私ならではの猛省と共鳴

栗のイガを模したゴムボールを
想像上の屋根に向かって放り投げれば
ばすん、と響き
時間をかけて転がり落ちてくる
くり返すことでくり返される、リズム
それは重力が
この平坦な　この川沿いの
この空白地帯に位置する
この土地にも存在している
という証明
傾斜は連続性をもたらしたが
決して、許されない遊戯のひとつとなった

落雷

錆びついた三輪車は前後を反転しての
上腕を酷使した自己満足
車椅子　少ない競技人口は
自尊心を育むことに成功するも
代わりに　豊かであった芝は失われた
（ほんとうなら今ごろは、もっちゃんち）
もっちゃんは　対岸の母子家庭で
いつも時代劇を観ている
目が良くて　性格の悪い歯列矯正
住まい
マンションは鬼ごっこの
ための、施設で
すばしこい蜘蛛とともに逃げていく低学年
苦肉の策の五段飛ばし

激しく打ちつけた階段の手すり
生え際からの大出血
同時に、肩口に受けた弾丸の熱
それはちょうど　私になる前の
僕、の視力が
黒板の文字を読み取れない距離のとき
代わりにノートへ写し取ってくれたこと
に、対する
感謝の裏返し、としての長距離狙撃
いつもの放課後の集まり
庭で水遊びをして濡れた　あの日
ぶら下がって、あまどいを壊したのは彼で
（どうしょうもねぇ、どうしょうもねぇ）
と、線香を立てつづける祖母の　色のない瞳

の、娘役から提案があり　それは
濡れた服をまず　洗濯することだった

落雷

干すことの、行為の中断は悪天候の因果
母のストレスの種は発芽していくばかりだが
降ることに他意は垣間見えず
一滴でも、天空からの落下があれば
かまわず怒鳴り散らし
構成員への乱暴な態度を加速させる
いくつもの　わだかまりを経て
サンダル履きで小走りにしまいこんだ
石畳　わずかな段差　危なげな歩数
言わずもがな転倒し、汚れる膝

ぶつける感情
そのまま水たまりに飛びこめば
跳ねた泥の粒は意識に固定される
生乾きの衣服　寝具
皮膚に残った血液が地図となるまで
往来しつづける物故者たち
湿気て黴臭い　物置の竹竿に吊るせば
金属は、ここぞとばかりに揺れ
担がれた神輿にも似た響きを放つ
尖った軋轢はぬめり　燃え尽きる線香
重力は泥の、なかに吸収されても
雨脚の強さに変化はみられず
かろうじてとりこまれたのは
まだ、湿り気のあるタオルの山で

日に焼けた座布団を台にして
いつもの手順で、たたむ　その姿
直前までトランプを扱っていたはずの
骨の手が　器用に上下して
　落雷

たまむし

がまぐち財布は
女の手もとにある
ところどころ　糸でくくられ
ひび割れた革と、布の様子は
持ち主の
年齢肌の様子に近しい
その一部は焼け焦げている
ようにも見えた
結びつけられた緑色の鈴

の、光沢に目がくらみ
触れればチリリと鳴るそれは
身近な盗人《ぬすびと》の意思を
何度も
折り去ってきた

夏の朝
古びた、うちわの数本に辟易し
器用に舌打ちなどすれば
聞こえる
トラックのエンジン音と
お客様を呼ぶ低い声
に、誘われ
虫のような背筋で外へと歩みでる女

その女こそが毎度のお客様で
低い声の主は
行商の味噌屋であった

必要な食材がある
義理で買う品もある
割高だがしかたない
意識の先端で嫌悪を察知した私は
母屋の、奥の、
朝日しか射さない
ほこりくさい四畳半へ逃げこむと
紙やすりに似たカーペットの
シミは
死線を、さまよう直前の

吐瀉物のせいであった
誰の、

立場上
子ども役の私は
夜明けから日没まで
縁側に干した薄い布団に座り
液晶画面付きの電子玩具で遊んだ
必ず両手を使うので
うちわの風を
自分の行為にすることはできず
小さな、四角い画面を見つづけていたせいで
視界の隅々にまで
網の目が焼きつき

年の瀬には
あらゆる植物が無数のマスで仕切られた
このとき、彼はまだ知らない
夜な夜な
あのカーペットに
誰の、何が、
垂れ流されているのかを

家じゅうの引き出しからあふれ返り
独特の臭気を放っているのは
赤い、マッチ箱
それは行商の味噌屋の購入特典
使い道のない
押しつけの親切心

私の代になったなら
味噌など絶対に買ってやるものか
決意のもと
画面から顔をあげれば連日の庭
ブロック塀の手前に伸びた
ケヤキの枝が脳天に突き刺さり
網の目の効用があきらかとなる
次の瞬間
マスで仕切られた個人的視界に
ぶん、と飛びこんでくる光沢
虫だ
私の肩にとまったのは
緑を起点として多色に輝く
光沢の虫

名はタマムシだと、本人から教わり
のちに私は
国宝　玉虫厨子《たまむしのずし》について
地区でいちばん詳しい少年となる
気づけばそのタマムシは
周囲の大人によって
適切ならざる処理を施され
行商の味噌屋の、あの
空になったマッチ箱におさまった
ていねいに敷かれた綿と
雑にくるまれたラップの
対比に浮かぶ
貴重な死骸

長らく、眺めていると世紀末
視界の網の目は
いつの間にほどかれ
家に訪れる者の数も減っていった
当然だろう
木造家屋にあり余るマッチは
火の手を勢いづけるには十分すぎた
樹脂製のうちわや、電子玩具は
跡形もなく溶けてしまったが
しかるべき機関の検証による
事件性は無いとの結論に
かろうじて焼け残った、がまぐち財布の
緑色の鈴だけが鳴り止まない

一本の出来心に飛びこんだ虫もいて
トラックは、すでに去っている
家の衰退を察知した私は
母屋の、奥の、
崩れ落ちた天井から光の射す
すすくさい、かつての四畳半の座標に残る
ほぼ紙やすりだったカーペットの
シミが
死線を、さまよう直前の
吐瀉物のせいであったという
ことを忘れる
誰にも、

そくせき

書き換えられた脚本は
家庭の生活リズムを変え
音で表せば、息の
漏れ出す前半と
鈍い破裂音の後半で構成される単語
記憶に残る常套句は
いっさい、過去のものとなるだろう
つまるところ土曜の昼食の

諸問題に介入していく一部始終と
私的な数枚に委ねられる必然

境界を突き破り、落下する感覚
ひとりっ子の精通
その日はちょうど、有名人の
婚姻のニュースにかさなった
パレード　紙吹雪　徐行運転
生みの親の痴話は（糸切り歯が特徴）
低い海抜の土地改良区を駆け抜け
食卓を囲む四つの
椅子、が揃えられても
その関係縁者が一堂に会する様子はない

疑問
他者の屋根の下《した》の様子はどうだろうか、と
すべりこんで観察眼を駆使すれば
まず突起の持ち主が大号令をかけ
次の展開
その枝葉と思わしき人物らが
率先して運ぶ手料理の数々
これは当然に、当然の光景だろう
会するための食卓で会し、食する出演者
隅々にまで感じられる熱量は
唸り声をあげる観客らによって深掘られた

きゃい　きゃい　きゃい
ああ　歯車の音　順回転の音

吊られた天井がおりてきても逃げないから
私以外が垂直に押し潰された
（一部、くり抜かれていたから助かる私）
場面転換のための人員が清掃に入る
なるほど
これが特殊清掃、というものか
ネット上の情報は正しかったと知り
私は数枚の写真を撮ってすぐに加工する
すでに型落ちのスマホだが
きっと画質に申し分はない

きゃい　きゃい　きゃい
おお　歯車の音　逆回転の音

第二幕

片付けられた舞台上が明るくなり
そこは　いつもの台所
母親役の女が、お湯を沸かしている
赤黒い蓋の、やかん
そう　私の実家の昼の献立は
いつも安売りのカップ麺であって
おのおのが、好みの時間に
それぞれ熱湯をそそぎ
黙って砂時計を眺めつづけた
ミトンなど持たない家庭だから
手指の火傷に液体スープがしみて
そのたび私は

庭の池に飛びこむしかなかった

ピンスポット　独白の場面
泳げない私の悩みは
夏の水泳の授業で（水は青の照明で表現）
かろうじて息継ぎ無しの端から端
クラスメイトの視線と、紫外線が
降りそそぐ背筋（肩甲骨あたりに傷のメイク）
二桁の年齢に達すると校舎の
建て替えの関係で水泳の
授業はすべて、球技に振り替えられた
これから引用される古い映画のなかでは
地球も大きなボールなのだと
屈強な先輩役が力説する

その演説こそが、ちょうど三分だから
家のすべての時計が用を成さなくなっても
カップ麺は適切にできあがっていくだろう

私はパレードの車列をうばい、時をさかのぼり
彼、この場合でいえば当時の
子どもの私に会いに行く
途中、ヒッチハイクしていた男を乗せ
世間話に花を咲かす
男は清掃関係の仕事を辞めたばかりで
たしかに土曜の生まれだという
兄弟は無く、川沿いで育った、と
対向車のヘッドライトに目がくらみ
目的地を通りすぎてしまう私

迂回のために細い峠道に入ると
曲がりくねった路面の航空写真があらわれ
利き手でズームアウトすれば
そのうねりは
蓋を半分まで剥がした　あの日々の
カップ麺の、表面の様相となる

母親役の女が腕を振り上げると
熱湯の豪雨が降りそそぐ
ハンドルをとられ、スリップしたクルマは
崖の、急カーブの
ガードレールを突き破り
客席へと落ちていく
一時停止をクリックし空中にとどめる

助手席の男と目が合い
それが未来の私の姿であると気づいたが
声にならず、息は漏れるばかりであった
舞台袖でアラームが鳴り響き
持ち時間、三分の終了を告げる
再生
衝撃　悲鳴　演出家の独断
内臓の、鈍い破裂音
手際よく現場を片付ける男の姿
照明が絞られていき　暗転

石田　諒

一九八六年東京都生まれ。

日本工学院専門学校放送芸術科、法政大学文学部日本文学科卒業。大学で小池昌代の詩の授業を受け、以来、詩を書き始める。写真、映像による活動も並行して行っている。

家《いえ》の顚末《てんまつ》

著者　石田《いしだ》　諒《りょう》

発行所　株式会社思潮社

一六二‐〇八四二　東京都新宿区市谷砂土原町三‐十五

電話　〇三‐五八〇五‐七五〇一（営業）

〇三‐三二六七‐八一四一（編集）

印刷・製本　藤原印刷株式会社

発行日　二〇二四年九月二十日